AF385313

L'ANGLAIS A BAGDAD,

COMÉDIE - ANECDOTE,

En un Acte, en prose, mêlée de Vaudevilles;

Par MM. MOREAU, OURRY et THÉAULON;

Représentée, pour la première fois, à Paris, sur le Théâtre du Vaudeville, le Mercredi 6 Mai 1812.

DE L'IMPRIMERIE D'ÉVERAT, RUE SAINT-SAUVEUR, N°. 41.

PRIX : 1 FRANC 25 CENTIMES.

PARIS,

CHEZ BARBA, LIBRAIRE, PALAIS-ROYAL,
DERRIÈRE LE THÉATRE FRANÇAIS, N°. 51.

1812.

PERSONNAGES.   ACTEURS.

MOHAMMED , Calife de Bagdad.   M. Saint-Léger.

SIR JOHNSON , envoyé par le
   Commerce anglais............   M. Séveste.

MILADY JOHNSON , son Épouse,
   jeune Française ....   Mme. Hervey.

TAHER , premier Eunuque......   M. Fontenay.

BECKIR , Cordonnier du Sérail...   M. Hypolite.

Un Officier du Sérail...........   M. Lecomte.

Esclaves des deux sexes.

La Scène est à Bagdad, dans le Sérail du Calife.

(Le théâtre représente un joli salon turc. La porte du fond conduit aux
appartemens du Calife. Il y a deux portes de chaque côté: celles qui se
trouvent dans les deux angles mènent dans les galeries du sérail; les deux
autres portes, qui se trouvent sur le premier plan, conduisent, l'une dans
la chambre de Taher, l'autre dans un boudoir. Sur l'avant-scène, à droite
de l'acteur, un sopha. Au fond, à gauche, un autre sopha.)

L'ANGLAIS A BAGDAD,

Comédie-Anecdote, en un acte, en prose, mêlée de Vaudevilles.

SCÈNE PREMIÈRE.

TAHER, *seul à la cantonade.*

Eh ! Mesdames, la paix !…la paix ! (*entrant en scène*) par la barbe d'Ali, je n'y tiens plus. Ah ! que maudit soit le jour où le Calife Mohammed me fit premier officier de son sérail, et me chargea du soin d'accorder cent femmes entre elles !

Air *du Vaudeville de l'Avare et son ami.*

> L'une me fait une grimace,
> L'autre me traite comme un sot ;
> En leur faveur quoique je fasse,
> Je ne fais jamais ce qu'il faut.
> Pour plaire à la blonde, à la brune,
> Quel moyen faut-il donc tenter ?
> J'a. cent femmes à contenter,
> Et n'en peux pas contenter une.

(*On entend chanter dans la coulisse.*)

Qui fait encore ce bruit ? (*il regarde*) ah ! c'est ce maudit Beckir le cordonnier du sérail, et le bouffon du Calife ; ce doub'e titre lui permet d'entrer au palais à toute heure. Je le soupçonne de chercher à me nuire. Sous le masque de la gaîté, il se croit tout permis ; mais patience, sa trop grande familiarité pourruit bien finir par déplaire à Mohammed.

SCENE II.

TAHER, BECKIR.

BECKIR, *dans la coulisse.*

Air *de Marianne.*

> De faire rire sa hautesse,
> Je possède l'heureux talent ;
> A la flatter quand on s'empresse,
> Seul, je lui parle franchement.

(*Il entre.*)

Et chaque jour,
Si dans sa Cour,
Mon seul aspect ramène l'allégresse,
Toujours chantant,
Toujours content,
Si l'on m'y voit heureux et bien portant;
Pour que ma gaîté se soutienne,
J'ai deux raisons et les voici :
Je vois mille femmes ici,
Et n'y vois pas la mienne.

Salut à l'incorruptible gardien des trésors de sa Hautesse.

TAHER, *brusquement.*

Bonjour, bonjour.

BECKIR.

Toujours de bonne humeur ?

TAHER.

Je ne suis point plaisant.

BECKIR.

Tu te trompes, car ta mine renfrognée est souvent très-divertissante.

TAHER.

Songez un peu plus, je vous prie, au respect qu'on doit à ma place.

BECKIR, *gaîment.*

Vous verrez que Beckir, qui seul dans tout l'Orient, jouit du privilège de faire entendre la vérité au commandeur des croyans, n'osera pas la dire au chef des Eunuques !

TAHER.

Il est certain que votre titre de cordonnier du sérail...

BECKIR.

N'en dis pas de mal : j'ai vu tous les pays ; j'ai fait tous les métiers, mais rien n'égale les agrémens de celui que j'exerce à Bagdad.

AIR : *Ça fait toujours plaisir.*

S'il faut de la Sultane
Chausser le pied mignon,
Je suis l'heureux profane
Qui lorgne ce tendron ;
Aux genoux de la dame,
Je l'admire à loisir,
Et le pied d'une femme
Vous donne à réfléchir,
Ça fait (*bis*) toujours plaisir.

Je sais bien que vous autres courtisans, vous méprisez un pauvre diable d'ouvrier comme moi. (*Gaîment*); mais je ne changerais pas encore mon état pour le tien.

TAHER.

C'est bon , c'est bon , mauvais plaisant ; c'est pourtant avec ces impertinentes manières que tu as séduit le Calife.

BECKIR.

Il est vrai que nous sommes ensemble le mieux du monde ; c'est toujours moi que sa Hautesse choisit pour l'accompagner dans ses courses nocturnes ; elle ne peut, j'en conviens , prendre un guide qui connaisse mieux toutes les rues de Bagdad.

TAHER,

Et les aventures scandaleuses des habitans de cette ville ?

BECKIR.

C'est encore vrai et cela doit être.

AIR : *Ah ! que je sens d'impatience.* (d'Azémia.)

> Des belles la foule empressée
> Admire et vante mon travail;
> Chacune veut être chaussée
> Par le cordonnier du sérail.
> C'est une Circassienne,
> Ou c'est une Egyptienne,
> Qui me fait avertir
> Pour la servir;
> En un mot, sans reprendre haleine,
> Dans la ville je cours
> Toujours ;
> J'entends cent discours,
> J'apprends vingt bons tours.
> Je sais les secrets ,
> Je sais les projets ;
> Bref, je suis instruit
> De tous les on dit,
> On dit. (*ter.*)

Tu vois bien que loin d'avoir à me plaindre du sort dans mon état obscur,

> Je trouve (*bis*) et plaisir et profit.

Ajoute à cela la confiance dont le Calife m'honore....

TAHER.

Confiance bien placée ! depuis qu'on t'a permis d'approcher du sérail , on ne s'y reconnaît plus ; toutes les femmes se moquent de moi : celles mêmes qui vantaient autrefois mes bonnes qualités, ne me trouvent aujourd'hui que des ridicules,

BECKIR.

C'est qu'elles te connaissent mieux.

TAHER.

Il n'est pas jusqu'aux muets qui, gâtés par l'exemple, ne se per-
mettent de me désobéir ; mais j'y mettrai bon ordre.

AIR : *Une fille est un oiseau.*

Je vois bien qu'il est instant
De leur prouver, sans faiblesse,
Qu'en ces lieux de sa Hautesse
Je suis le représentant.
Je soutiendrai, quoiqu'on fasse,
La dignité de ma place :
Nul de moi n'obtiendra grâce ;
Ma voix fera tout trembler.
Je soumettrai chaque femme :
Et les muets, sur mon âme,
Trouveront à qui parler.

BECKIR.

Silence. J'entends le Calife.

SCENE III.

Les Mêmes, MOHAMMED.

BECKIR.

Sublime Commandeur des croyans, ton humble esclave baise la
poussière de tes pieds.

MOHAMMED, *à Taher.*

Qu'on nous laisse. Je te suspends de tes fonctions pour toute
la journée.

TAHER.

J'obéis, Seigneur. (*A part.*) Ah ! je suis un homme perdu. Je
ne faisais déjà pas grand chose ici : me voilà réduit à rien. (*Il sort.*)

SCENE IV.

MOHAMMED, BECKIR.

MOHAMMED.

Relève-toi, Beckir. Tu sais qu'en particulier j'aime à te dis-
penser de ce grave cérémonial.

BECKIR.

Je sais quelle est pour moi la bonté de sa Hautesse.

MOHAMMED.

Heureux coquin, tu n'as pas la plus mauvaise place de mes
Etats.

BECKIR.

Sans contredit. Suivre votre Hautesse dans ses courses nocturnes, profiter des bonnes aubaines quand il s'en présente, sans
craindre les mauvaises, dont un mot suffit pour nous garantir;
vous raconter l'histoire du jour, les folies de quelques-uns de vos
sujets, les sottises des autres, en un mot, être la gazette de
Bagdad, et cependant ne dire que la vérité; d"honneur! il n'y a
guère que le grand Trésorier avec qui je voulusse changer
d'emploi.

MOHAMMED.

Eh! mon pauvre Beckir, tu y perdrais toi-même un trésor; ta
franche et vive gaîté. Mais, dis-moi, viens-tu me proposer
quelque nouvelle aventure?

BECKIR.

Je reconnais bien là le calife Mohammed.

AIR : *Le soir après pénible ouvrage.*

Du plaisir empruntant les ailes,
Préférant le myrthe aux lauriers,
Vous avez, en faveur des belles,
Oublié vos projets guerriers :
Et quand les Musulmans vous doivent
Cette paix qui vous fait chérir,
Leurs femmes seules s'apperçoivent
Que vous aimez à conquérir.

Ce n'est pas cependant de l'une d'entre elles que j'ai à vous en-
tretenir ; c'est d'une chrétienne.

MOHAMMED.

Tant mieux : le Prophête nous saura gré de rire aux dépens
d'une de ses ennemies.

BECKIR.

Oh! ce n'est pas ce que vous pensez : la dame est vertueuse ; il
ne s'agit que d'un désir singulier.

MOHAMMED.

Un désir ! c'est déjà quelque chose. Mais quel est son nom ?

BECKIR.

Lady Johnson, la meilleure pratique de mon magasin.

MOHAMMED.

Quoi! l'épouse de ce Baronnet envoyé près de moi par le Commerce anglais, et qui me paraît aussi ridicule...

BECKIR.

Que sa femme est jolie.

MOHAMMED.

C'est ce qu'on m'a déjà dit; mais je n'ai pu en juger moi-même.

Son mari a toujours obstinément refusé de me la présenter. Il est d'une jalousie !...

BECKIR.

C'est qu'il se rend justice.

MOHAMMED.

On asssure cependant que Lady est sage.

BECKIR.

Mais curieuse à l'excès, un peu coquette...

MOHAMMED.

N'est-elle pas Française ?.

BECKIR.

Je croyais vous l'avoir dit.

MOHAMMED.

Mais enfin , que veut-elle ?

BECKIR.

Me faire gagner mille sequins.

MOHAMMED.

Que tu n'as sans doute pas refusés.

BECKIR.

Au contraire , et votre Hautesse va juger si je pouvais faire autrement. Milady n'exigeait pas moins de moi que d'être introduite en secret dans le sérail.

MOHAMMED.

Dans le sérail, dis tu ?

BECKIR.

Oui : pour en connaître les usages.

MOHAMMED, *riant*.

Ah ! ah ! la chose est trop plaisante.

BECKIR.

J'aurais gagé que cela vous ferait rire.

MOHAMMED.

J'en ai quelque sujet. Croirais-tu que, ces jours derniers, sir Johnson , son époux, m'a fait la même demande.

BECKIR.

Ah ! diable !...mais la chose tire un peu plus à conséquence.

MOHAMMED.

Je me suis contenté de rire de cette indiscrétion.

BECKIR.

J'ai été plus poli ; mais j'ai signifié à la dame que c'était impossible.

MOHAMMED.

Qu'on dise à présent qu'il n'y a pas de sympathie entre les époux... Mais le désir de la belle Lady ne me surprend pas ; c'est la suite du refus que lui a fait son mari de la présenter à ma Cour.

Air : *Jadis privé de sa couronne.* (de Voltaire chez Ninon.)

> La femme imprudente et légère
> Suit toujours son instinct secret ;
> Ce qu'on l'engage à ne pas faire,
> Est à coup sûr ce qu'elle fait :
> Montrer à l'homme un danger qui l'assiège,
> C'est l'empêcher d'y succomber ;
> A la femme indiquer un piège,
> C'est presque l'y faire tomber.

Ah ! Monsieur l'envoyé , vous n'avez jamais voulu me présenter votre épouse ! parbleu !... je veux leur donner une leçon. J'attends ici le Baronnet ; toi, Beckir , va trouver Lady ; feins de te laisser gagner.

BECKIR.

Quoi ! Seigneur ?... (*A part.*) Ah ! je devine.

MOHAMMED.

Dis-lui que tu as trouvé les moyens de la faire pénétrer dans le sérail , sans que personne en soit instruit.

BECKIR.

Si l'on m'arrête, je nomme mes complices, je vous en préviens.

MOHAMMED.

Tu peux être tranquille.

Air : *Daignez m'épargner le reste.*

> Dans la crainte des surveillans ,
> Tu lui diras, que pour la forme,
> A l'usage des Musulmans ,
> Il est bon qu'elle se conforme ;
> De mes femmes tu lui feras
> Prendre l'habit galant et leste :
> De chaque point tu l'instruiras ,
> En ces lieux tu l'introduiras ,
> Et je me charge du reste.

BECKIR.

J'entends à merveille , et je cours la chercher.

Air : *Vaudeville du Secret de Madame.*

> Je dois obéir, et vous jure
> Que je ne vais rien épargner ;
> Pour chacun, dans cette aventure,
> Je vois quelque chose à gagner :
> Pour la dame, de la science, ,
> Pour sa Hautesse, du plaisir ;
> Pour notre Anglais, de la prudence,
> Et mille sequins pour Beckir.

Ensemble. {

MOHAMMED.

Ami, j'en accepte l'augure,
Cela n'est pas à dédaigner ;
Pour chacun, dans cette aventure,
Je vois quelque chose à gagner.

BECKIR.

Je dois obéir et vous jure, etc., etc.

(*Beckir sort par la seconde porte à gauche de l'acteur.*)

SCENE V.

MOHAMMED, *seul.*

Je crois que le coquin me soupçonne...il a tort : du moins j'ose m'en flatter. Oui, ce n'est qu'une leçon que je projette pour les deux époux ; elle peut être utile pour eux ; je suis sûr qu'elle sera amusante pour moi. Il n'est pas défendu aux souverains de se divertir : c'est bien assez que cela leur soit difficile.

Air : *De l'esprit, des talens.* (de M. Tourterelle.)

Oui, pour quelques instans
Secondons leur folie :
D'une femme jolie
Les travers sont charmans :
Quand il s'apprête à rire
Aux dépens d'un époux
Inconstant et jaloux,
Au sein de son empire,
Le Calife surpris
Peut se croire à Paris.

SCENE VI.

MOHAMMED, Sir JOHNSON.

(Des muets parroissent avant lui et l'annoncent par signes.)

JOHNSON, *à part, regardant les muets qui sortent.*

Cettes gens là, ils annoncent toujours sans rien dire ; je pouvais pas accoutumer moi à cet manière de parler.

(Il salue gauchement.)

MOHAMMED.

Bonjour, mon cher Baronnet.

JOHNSON.

Salamalec, salamalec, salamalec.

Air : *Chacun avec moi l'avouera.*

Trésor de grandeur, d'équité,
Faites réparer, je vous prie,
Un attentat bien constaté
Dont se plaint notre compagnie.
On n'a point respecté la paix :
Et je viens, parmi vos sujets,
Vous signalant des téméraires,
Réclamer trois vaisseaux anglais,
Que l'on a pris...

MOHAMMED.

Que l'on a pris?

JOHNSON.

Que l'on a pris pour des corsaires.

MOHAMMED.

La méprise peut s'excuser, et mon Visir vous en fera raison.
mais laissons les affaires pour aujourd'hui, et parlons de choses
plus agréables ; parlons des femmes.

JOHNSON.

Fort volontiers, Seigneur ; je avais toujours eu un faible pour
les dames.

Air : *Vaudeville de Voltaire chez Ninon.*

Je ne suis pas très-éloquent,
Cependant le sujet m'inspire ;
Et sur ce chapitre charmant
J'ai toujours quelque chose à dire.
Mais qui pourrait faire jamais
Un éloge complet des belles ?
Pour parler de tous leurs attraits,
Il faudrait parler autant qu'elles.

MOHAMMED.

Vous êtes d'une galanterie !...

JOHNSON.

Ce était vrai, je adorais toutes les femmes.

MOHAMMED.

C'est fort heureux pour la vôtre que l'on dit charmante, et
que, par parenthèse vous n'avez jamais, voulu me présenter.

JOHNSON, *à part.*

Goddem ! je me garderais bien !...

MOHAMMED.

Air : *Vaudeville de Catinat.*

On prétend qu'elle réunit
La décence à l'espièglerie ;
Qu'elle joint à beaucoup d'esprit
Quelques grains de coquetterie.

JOHNSON.

Non, si des plaisirs les plus doux
Elle fit longtemps son étude :
Depuis que je suis son époux,
Elle en a perdu l'habitude.

MOHAMMED.

Cela vous fait honneur.

JOHNSON, *à part.*

Le Calife il s'occupe beaucoup trop de Milady.

MOHAMMED.

Sir Johnson, vous êtes un homme rare; et je ne suis point étonné que le choix de votre compagnie soit tombé sur vous.

JOHNSON.

Oh ! ce n'était pas mon premier mission : je avais été chez presque tous les Souverains.

MOHAMMED.

Ils ont dû être enchantés de vous.

JOHNSON.

Je portais toujours sur moi des marques de leur satisfaction.

Air : *Traitant l'Amour sans pitié.*

Le Souverain du Japon
M'offrit cette pierre fine,
Et l'Empereur de la Chine
De ce cachet me fit don.
Partout même politesse ;
Aujourd'hui, je le confesse,
De la part de sa Hautesse
J'attends quelqu'autre ornement ;
A tous les yeux, un tel gage
Attestera mon voyage
Dans l'Empire du Croissant.

MOHAMMED.

Je n'ai rien à vous refuser, mon cher Baronnet.

JOHNSON.

Pardonnez-moi . pardonnez-moi, Seigneur, vous m'avez refusé une demande... Vous connaissez, pour le sérail ?

MOHAMMED, *à part.*

Il y vient de lui-même. (*Haut.*) Ce refus là doit vous flatter ; il prouve que je vous crois dangereux.

JOHNSON.

Je avais été autrefois ; mais le commerce, il a beaucoup rendu moi mûr.

MOHAMMED.

Il y paraît Et ce désir violent de voir l'intérieur du sérail !...

JOHNSON.

C'est per mon instruction, voilà tout : et je jure foi de Anglais,
si vous l'exigez , de ne point parler aux Odalisques.

MOHAMMED.

Non , vous seriez trop séduisant.

JOHNSON.

Le Calife il est jaloux de mille femmes , plus que moi de une
seule.

MOHAMMED.

Voici tout ce que je puis faire pour vous.

JOHNSON.

Parlez , parlez , Seigneur.

MOHAMMED.

Parmi mes femmes , il en est quelques-unes de votre pays ; une
d'entre elles vient d'encourir ma colère , elle mérite une punition;
je vous permets de la voir.

JOHNSON.

Quelle aimable permission !

MOHAMMED.

De lui parler même...J'y mets cependant une condition.

JOHNSON.

Une condition ! je demande lequelle.

MOHAMMED.

Tous les croyans seraient scandalisés s'ils apprenaient qu'un
infidèle a pénétré dans ce lieu sacré.

JOHNSON.

Je dirai toujours alli , allah , allah.

MOHAMMED.

Cela ne suffit pas; il faut que vous preniez le costume musulman.

JOHNSON

Le costume musulman !

MOHAMMED.

C'est un préliminaire indispensable.

AIR : *Muse des jeux et des accords champêtres.*

Vous le savez , notre divin Prophète ,
Pour consoler ses musulmans chéris ,
Leur ménageant la volupté parfaite ,
Les admet seuls aux séjour des houris.
Du haut des cieux Mahomet me contemple ;
Dans mon sérail ses décrets sont suivis ;
Et je ne puis , imitant son exemple,
Qu'aux Musulmans ouvrir mon paradis.

JOHNSON.

Je concevais parfaitement ; mais, voyez-vous, si le Roi de Angleterre il venait à savoir le petite drôlerie, lui capable pour ne pas trouver cela plaisant.

MOHAMMED.

Réfléchissez ; mais songez-y bien ; point de déguisement, point d'entrée au sérail.

JOHNSON.

Point d'entrée au sérail ! ce était beaucoup fort embarrassant.

SCENE VII.

Les Mêmes, BECKIR.

BECKIR, *se prosternant.*

Seigneur, votre humble esclave a exécuté vos ordres souverains. (*bas.*) La dame est là.

MOHAMMED, *bas.*

Tu vois le mari.

JOHNSON, *à part.*

Tiens ! cette petite cordonnier, on parle particulièrement à lui ; c'est un faveur considérable.

MOHAMMED.

Allez, allez, mon cher Baronnet. Beckir, vous connaissez mes intentions.

JOHNSON.

Je allais réfléchir, Seigneur ; je allais réfléchir. (*A part.*) Diable ! si mon petit femme voyait moi en Turc, je serais capable per la faire mourir de peur. (*Haut.*) Salamalec, salamalec.

(Il sort par la porte à droite, le Calife sort par le fond.)

SCENE VIII.

BECKIR, LADY.

(Elle est mise à l'Anglaise, et tient sur sa tête un voile, qu'elle jette en entrant sur le sopha.)

BECKIR, *introduisant Lady avec mystère, par la seconde porte à gauche.*

AIR : *Berce, berce, bonne petite.* (de Blangini.)
Avancez, aimable Française ;
Suivez mes pas,
Mais parlez bas.

LADY.

Heureux instant ! je vais donc, à mon aise,

Voir ce bercail,
Qu'on appelle sérail.

LADY, *à part.*

En secret, pourtant, je balance;
Mon plaisir est mêlé d'effroi.

BECKIR, *à part.*

Sa Hautesse, par bienveillance,
Me charge d'un plaisant emploi.
Soyez prudente et gardez le silence.

Ensemble.

LADY.

Rassure-toi, la prudence est mon fort.

BECKIR, *à part.*

Si sa constance égale sa prudence,
Pauvre mari, combien je plains ton sort

LADY, *à part.*

En secret, pourtant, je balance, etc.

BECKIR, *à part.*

Sa Hautesse, par bienveillance; etc.

Ensemble.

LADY, *étourdiment.*

Ah ! mon cher Beckir, la jolie chose qu'un sérail !

BECKIR.

Vous n'avez encore rien vu.

LADY.

Quels récits piquans je pourrai faire en Angleterre des usages de ce lieu.

BECKIR.

Je parie que vous oublierez quelque chose...Mais parlez un peu plus bas, je vous prie.

LADY, *effrayée.*

Ah ! mon dieu ! y aurait-il quelque chose à craindre ? Tu ne m'avais pas dit cela tantôt.

BECKIR.

Vos mille séquins m'ont coupé la parole.

LADY.

Je commence à croire que j'ai fait une imprudence.

BECKIR.

Je crains d'avoir fait une sottise.

LADY.

Si mon époux avait le moindre soupçon de l'endroit où je suis, dans quelle inquiétude....

BECKIR.

Ecoutez donc, c'est qu'il risque bien aussi quelque chose.

LADY.

Lui qui ne voulait pas même me faire voir la Cour du Calife.

BECKIR.

Il ne se doutait pas que vous commenceriez par son sérail.

LADY.

C'est alors que je me reprocherais bien ma curiosité : car, malgré sa jalousie, je l'aime ce pauvre Johnson.

AIR : *L'Amour est un dieu volage.*

Je le répète ici même...

BECKIR.

Vraiment, l'amour conjugal
A bien choisi son local.

LADY.

Oui, d'un feu toujours égal,
Brûlant pour l'époux que j'aime,
De lui conserver ma foi
Je me suis fait une loi.
Ce soin occupe mon âme,
Et jamais, j'en jure bien...

BECKIR.

Ah ! dans un sérail, Madame,
Il ne faut jurer de rien,

LADY.

Mais Beckir, vous n'êtes pas du tout rassurant. Vous m'avez cependant bien promis de prendre toutes les précautions.

BECKIR.

C'est ce que j'ai fait ; et une partie de vos séquins est employée à fermer les oreilles des Eunuques et les yeux des muets.

LADY, *revenant à son caractère d'étourderie.*

Tu vois donc bien qu'il n'y a rien à craindre ; ainsi conduis-moi vîte dans l'intérieur du harem.

BECKIR.

Un moment, Milady, un moment ; vous savez ce que je vous ait dit.

LADY.

Quelle folie ! comment il faudrait que je prisse le costume des Odalisques ?

BECKIR.

C'est l'uniforme de la maison.

LADY.

Oui, mais dieu merci, je n'y suis qu'étrangère.

BECKIR.

Voilà ce qu'il ne faut pas qu'on soupçonne.

LADY.

Vous verrez qu'on remarquera une femme de plus dans un sérail.

BECKIR.

Milady est faite pour être remarquée partout.

LADY.

Non, jamais je ne me déciderai à prendre cet habit.

BECKIR.

Il faut donc que vous renonciez à en voir davantage.

LADY.

Cessez de me presser... Je puis être curieuse, étourdie ; mais je ne serai pas inconséquente à ce point.

Air : *Voulant par ses œuvres complettes.* (de Voltaire chez Ninon.)

Vraiment, l'habit asiatique
Effarouche un peu la pudeur ;
D'ailleurs, je crois que la tunique
Me rendrait laide à faire peur.

BECKIR.

Y pensez-vous, Milady ?

Ce vêtement, d'un goût insigne,
Par les Amours fut inventé
Pour doubler encor la beauté.

LADY.

Allons, Beckir ; je me résigne.

BECKIR, *à part.*

Je savais bien que j'en viendrais à bout.

LADY.

Je suis trop avancée maintenant pour réfléchir. (*Beckir frappe dans ses mains.*) Que faites-vous ?

BECKIR.

Je sonne vos femmes de chambre. (*Deux femmes esclaves paraissent.*) Voici deux esclaves qui sont à vos ordres, suivez-les dans ce cabinet de toilette où elles vont disposer la vôtre, je vous attends ici.

LADY, *regardant dans la coulisse.*

Le joli boudoir !

Air : *Quand j'avais l'âge de mon fils.* (de la Piété filiale.)

Ah ! quel plaisir ! de ce sérail
Je connaîtrai chaque détail.
Je suis peut-être une étourdie ;
Mais, à mon sexe, dans tous lieux,

L'Anglais à Bagdad.   3

Le censeur le plus rigoureux
Pardonne un désir (*bis*) curieux.
Si dans ce jour je fais une folie,
Mon cher Beckir, j'espèie bien
Que mon mari n'en saura rien ?
BECKIR.
Quand elle fait une aimable-folie,
A coup sûr femme prétend bien
Que son mari n'en sache rien ;
Votre mari ne saura rien.
LADY.
Si malgré moi, etc.

Ensemble.

(*Elle entre, avec les Esclaves, dans le cabinet à gauche de l'acteur.*)

SCENE IX.

BECKIR , *seul.*

Allons, voilà une aventure qui marche, et une petite Française à qui la curiosité a déjà fait faire bien du chemin ; mais elle ne s'en tiendra pas là. Ah ! ces femmes !...Je soupçonne le Calife de n'être pas aussi franc avec moi qu'à l'ordinaire ; il ne veut, dit-il, que donner une leçon. Hom !...Ces leçons là sont toujóurs un peu chères pour celui qui les reçoit....Mais n'est-ce pas lui que j'entends ?

SCENE X.

MOHAMMED, BECKIR.

MOHAMMED.
Eh bien ! Beckir, as-tu persuadé la belle Lady ?
BECKIR.
Seigneur, ce n'a pas été sans peine.
MOHAMMED.
Quoi ! elle se refusait à prendre un habit ?...
BECKIR.
Qui semble la mettre au rang de vos sujets. Prendre cet habit, Seigneur, c'est presque vous faire serment de fidélité ; et une Française pouvait hésiter en pareil cas.
MOHAMMED.
Mais, enfin, tu l'as décidée ?
BECKIR.
Ses mille séquins me donnaient une éloquence !...J'ai été entraînant.
MOHAMMED.
Ah ! mon cher Beckir ! je t'en donne mille autres pour ta réussite.

BECKIR, *à part.*

Parlez-moi des métiers où l'on gagne des deux mains !

MOHAMMED.

Tu dis donc que la belle ?...

BECKIR.

Est dans ce boudoir à terminer sa toilette.

MOHAMMED.

Elle sera charmante sous ce costume.

BECKIR.

Combien cela doit ajouter au triomphe de sa Hautesse !

MOHAMMED, *vivement.*

Mon triomphe, dis-tu ! tu crois donc ?...

BECKIR.

Oui, votre triomphe sur vous-même, Seigneur : c'est vous rendre la victoire plus difficile, que de procurer à cette jeune Française de nouveaux moyens de plaire ; car je m'en souviens bien, sa Hautesse ne veut que donner une leçon.

MOHAMMED, *revenu à lui.*

Oui, sans doute, c'est mon seul désir ; mais est-elle aussi jolie que tu me l'avais assuré ?

BECKIR, *gaîment.*

Voilà une question qui ne me laisse aucun doute sur la pureté des vos intentions.

MOHAMMED, *fâché.*

Esclave, respectez en silence des projets....

BECKIR.

Je fais mieux, Seigneur, je les admire ; on sait ce qu'un envoyé de la Grande-Bretagne vient faire dans une cour étrangère ; et vous avez trouvé le vrai moyen d'empêcher que celui-ci ne vous nuise.

AIR : *Du partage de la richesse.*

De notre Anglais loin d'être dupe,
Pour mieux dérouter son projet,
Sa Hautesse veut qu'il s'occupe
Du soin de son propre intérêt.
Et du cabinet britannique,
Pour détruire aujourd'hui l'espoir,
Elle oppose à sa politique,
La politique du boudoir.

MOHAMMED.

Tu m'as deviné ; mais Milady tarde bien à paraître.

BECKIR.

Impatience digne d'éloges ! elle a un but si respectable ! (*regardant dans la coulisse*) ; mais pour vous aider à attendre la femme, voici le mari qui vient vous tenir compagnie.

MOHAMMED.

Sir Johnson ! jamais mari n'est arrivé plus à propos.

SCENE XI.

Les Mêmes, Sir JOHNSON.

JOHNSON.

Seigneur , je avais réfléchi beaucoup infiniment.

MOHAMMED.

C'est fort bien.

JOHNSON, *regardant Beckir.*

Et s'il n'y a pas d'indiscretion....

MOHAMMED.

Oh ! vous pouvez parler librement , Beckir sera seul instruit de cette aventure , et vous gardera un secret inviolable; vous venez donc m'annoncer ?...

JOHNSON.

Que je étais déterminé tont à fait pour faire le petite folie.

BECKIR, *à part.*

Le moment est bien choisi.

JOHNSON.

Je avais été dans le balancement de l'incertitude , vous comprenez bien ; mais une fois décidé je avais tout de suite préféré cette moment , parce que Milady a dit à moi qu'elle serait très-occupée aujourd'hui.

BECKIR.

Elle ne vous a pas trompé.

JOHNSON.

Oh! je savais bien que elle était franche considérablement ; c'est un qualité de son pays.

MOHAMMED.

Je suis persuadé qu'elle les a toutes.

JOHNSON.

Ce était vrai , elle était très-vif , très-étourdie , très-aimable , et je avais épousé elle pour le contraste.

MOHAMMED.

Vous la disiez tantôt si raisonnable !

JOHNSON, *à part.*

Goddem ! je avais oublié. (*haut.*) Yes , yes ; mais je voulais dire que c'était un raison léger ..ou qu'elle avait de la légèreté... raisonnablement...

BECKIR.

Sir Johnson explique sa pensée avec une clarté !...

JOHNSON, *à part.*

Cette cordonnier, il a le esprit pour me comprendre, je admire fort.

BECKIR.

Eh bien ! il faut vous occuper de votre toilette !

JOHNSON.

De mon toilette ! goddem ! que le curiosité il rend bête !

BECKIR.

Et vous êtes d'une curiosité !...

JOHNSON, *riant.*

Yes, yes ; beaucoup fort.

BECKIR.

Voici le moment de la satisfaire ; passez dans ce cabinet (*bas au Calife*) ; c'est celui de Taher (*haut*) ; vous y trouverez un habit qui semble fait pour vous : (*bas au Calife*) un costume d'eunuque.

MOHAMMED, *bas.*

Quelle folie !

BECKIR, *de même.*

Sa Hautesse ne m'a-t-elle pas donné carte blanche ?

MOHAMMED, *de même.*

Fais-donc ce que tu voudras ?

BECKIR, *à Johnson.*

Deux esclaves noirs y seront à vos ordres.

MOHAMMED.

Surtout, gardez-vous d'en sortir avant que l'on ne vienne vous chercher.

BECKIR, *à part.*

Le Calife ne manque pas de précautions.

JOHNSON.

Que je avais de la reconnaissance, Seigneur, de ce que vous voulez bien faire pour moi dans ce moment.

MOHAMMED.

Je suis charmé que cela vous soit agréable.

JOHNSON.

Si fort agréable, que je ne anrais pas pu quitter Bagdad sans cela.

AIR : *Quand j'avais l'âge de mon fils.*

Depuis longtemps, sur mon honneur,
J'étais digne de ce faveur ;
C'était un fort grand avantage
Que sa Hautesse m'accordait ;
Pour ajouter à ce bienfait,
Je demande encor le secret.

Tout ceci n'est que pour le badinage ;
Mais, cependant, j'espère bien
Que ma femme n'en saura rien.

Ensemble. {

MOHAMMED ET BECKIR.
Quand un époux se livre au badinage,
En secret il espère bien
Que sa femme n'en saura rien ;
Votre femme n'en saura rien.
JOHNSON.
Tout ceci, etc.

(*Johnson entre dans le cabinet de Taher, à droite de l'acteur.*)

SCENE XII.

MOHAMMED, BECKIR.

BECKIR.

Eh bien ! Seigneur, que pensez-vous de cette aventure ?

MOHAMMED.

Je t'avoue qu'elle me cause autant de plaisir que d'étonnement.

BECKIR.

D'étonnement !..ah ! sans doute, votre Hautesse n'a pas comme moi voyagé dans la France ?

MOHAMMED.

Voilà la première fois, peut-être, qu'un sérail a réuni deux époux.

BECKIR.

Oui, la femme d'un côté, le mari de l'autre. Convenez que c'est charmant.

AIR: *Vaudeville de la Partie carrée.*

Ici, j'en vois une preuve certaine,
C'est bien à tort qu'on dit que deux amans,
Lorsque l'hymen les retient sous sa chaîne,
Cessent d'avoir mêmes penchans.
Sur les époux c'est en vain que l'on glose ;
Leur bon accord devrait être cité :
Presque toujours ils font la même chose...
Chacun de leur côté.

MOHAMMED.

Milady ne peut tarder à paraître. Songeons à la recevoir avec les honneurs qui lui sont dus.

BECKIR.

Je vous entends, Seigneur. Esclaves, accourez.

SCENE XIII.

Les Mêmes , Muets et Femmes , Esclaves du Sérail.

BECKIR.

Apprêtez-vous à célébrer par vos jeux et vos danses une nouvelle conquête de votre maître.

MOHAMMED.

Obéissez à Beckir. Toi , dispose tout pour cette première sur-
prises. Je me charge de la dernière. Je ne veux lui donner qu'une
leçon , mais elle sera bonne.

AIR : *Vaudeville de la Piété filiale.*

Pour elle, dans ce lieu charmant,
Que le plaisir se multiplie ;
Que du pouvoir d'un monarque d'Asie ,
Elle conçoive un doux étonnement.
Je veux que, moins intimidée ,
Elle observe chaque détail ,
Et que de tout ce qu'on voit au sérail
Elle emporte une grande idée.

(*Il sort par le fond.*)

SCENE XIV.

BECKIR , Les Muets.

BECKIR.

Tout ceci me paraît assez clair , et le Calife a une manière de
donner des leçons , qui pourrait lui valoir beaucoup d'écolières.
(*Il prend un luth des mains d'un muet.*) Esclaves , secondez-moi.
(*Il joue la ritournelle de l'air suivant.*)

SCENE XV.

Les Mêmes : LADY , *sous le plus élégant costume d'Odalisque.*

LADY , *accourant étourdîment*

Eh bien ! Beckir, comment me trouves-tu ?... (*apercevant les
esclaves.*) O ciel ! que vois-je ?

(*Elle veut rentrer ; des esclaves placés à la porte l'en empêchent.*)

BECKIR.

AIR *des Ruines de Babylonne.*
A la beauté qu'embellit la pudeur,
O Mahomet ! combien ta loi doit plaire !
Sage et galant, du temple du bonheur
Tu fis aussi le séjour du mystère.

(*Les muets dansent sur la ritournelle.*)

LADY, *bas à Beckir.*

Mais, Beckir, ne crains-tu pas ?..

BECKIR, *bas à Lady.*

N'est-ce pas là , Madame, ce que vous avez voulu voir ?

LADY, *bas.*

Sans doute ; mais je tremble...

BECKIR, *de même.*

Rassurez-vous , ces gens-là ne vous trahiront pas.

Même air.

Muet témoin d'un spectacle enchanteur,
Ici , l'esclave est contraint à se taire :
Et c'est ainsi qu'au souverain bonheur,
Pour confident nous donnons le mystère.

(*Les muets viennent en dansant se prosterner devant elle.*)

LADY.

Les drôles de figures !...mais, dis-moi , ne pourrions-nous pas
être surpris ?

BECKIR.

Impossible , Madame. (*avec un effroi simulé.*) Dieux ! le
Calife !

LADY.

Le Calife !

BECKIR.

Je suis mort !

LADY.

Je suis perdue !

SCENE XVI.

Les Mêmes, MOHAMMED.

(*Les muets se prosternent , puis se retirent dans le fond.*)

MOHAMMED.

Esclave !...quelle est cette femme ?

BECKIR, *feignant l'embarras.*

Sublime commandeur des croyans...

TRIO.

MOHAMMED, *examinant Lady.*

Eh ! mais, elle est toute interdite !
Jeune beauté, rassure-toi.

LADY, *à part.*

Ah ! grands dieux ! où m'a-t-on conduite !
Non, rien n'égale mon effroi.

BECKIR, *à part.*

Je crois bien que cette visite
Peut lui causer un peu d'effroi.

MOHAMMED.

C'est donc l'odalisque nouvelle
Dont on m'a vanté les appas?
De ton maître, esclave fidèle,
Je reconnais ici ton zèle.

LADY, *bas à Beckir.*

Détrompez-le.

BECKIR, *bas à Lady.*

Je n'ose pas.

LADY, *à part.*

Je meurs de peur.

MOHAMMED, *levant son voile.*

Ah! quelle est belle!

LADY, *à part.*

Comme je sens battre mon cœur!

MOHAMMED, *à part,*

Quand je la tiens en ma puissance,
Ah! qu'il me faudra de prudence!
Comme il faudra dompter mon cœur!
Pour respecter cette pudeur!

LADY, *à part.*

Qu'ai-je fait? De mon imprudence
Je vois trop tard la conséquence.
Comme je sens battre mon cœur.
Dieu d'hymen, sois mon protecteur!

BECKIR, *à part.*

En honneur, je crois qu'il balance?
Je crains qu'en cette circonstance
La belle, malgré sa frayeur,
N'en soit pas quitte pour la peur.

BECKIR.

Oui, Seigneur, c'est cette jeune odalisque...

LADY, *bas.*

Beckir, qu'allez-vous faire?

BECKIR, *bas.*

Le tromper pour quelques instans.

MOHAMMED.

Pourquoi cette timidité?...approchez, approchez, délices de
mon âme.

L'Anglais à Bagdad.

4

LADY, *bas à Beckir.*

Que j'approche !...que dit-il donc ?

BECKIR, *bas.*

C'est de la galanterie turque.

LADY, *tremblante.*

Seigneur Calife...(*bas à Beckir*) que faut-il lui dire ?

BECKIR, *bas.*

Tout, excepté la vérité.

MOHAMMED.

Vous paraissez émue, surprise. Vous n'êtes donc pas née dans ces contrées ?

LADY.

Non, Seigneur.

MOHAMMED.

J'en suis enchanté. Les belles de ce pays ne savent qu'obéir à un maître, taudis qu'une aimable étrangère....mais quel climat vous a vu naître?

LADY.

Seigneur, je suis...je suis Française.

MOHAMMED.

O Mahomet ! je te rends grâces.

BECKIR, *bas à Lady.*

C'est un prince très-religieux.

MOHAMMED.

Les Françaises sont le plaisir des yeux , le charme du cœur : et j'étais assez malheureux pour n'en posséder aucune dans mon sérail !

LADY, *à Beckir.*

Ah ! mon dieu ! mais il croit donc...

BECKIR, *bas.*

Laissez le croire.

LADY, *à part.*

Malheureuse curiosité !

MOHAMMED.

Ne serez-vous pas charmée de connaître l'intérieur de mon palais ?

LADY, *à part.*

Je vais tout lui dire. (*haut.*)

AIR : *N'en demandez pus davantage.*

Oui, de ces lieux, je l'avouerai,
Me formant une douce image,
Seigneur, j'ai longtemps désiré
En connaître un jour chaque usage.
Mais, j'en ai trop vu,
Et mon cœur ému,
N'en veut pas savoir davantage.

MOHAMMED , *feignant la colère.*

Jeune esclave , sais tu qu'un tel discours..?

BECKIR, *bas.*

Vous allez nous perdre , Madame.

MOHAMMED.

Je veux bien excuser votre inexpérience. Mais , répondez ; quel heureux hasard vous a fait tomber en mon pouvoir ? Songez qu'il faut ici de la franchise.

LADY.

Seigneur.. je m'étais embarquée...sans réfléchir.

MOHAMMED.

Quoi ! c'est dans un voyage sur mer..;

LADY.

Oui , Seigneur.

AIR : *Je vous comprendrai toujours bien.*

J'ai bravé bien imprudemment ;
Une mer en écueils féconde ;
Plus d'un péril trop promptement
Dissipa mon erreur profonde.
Les dangers croissans sous mes pas,
Ont si bien glacé mon courage ,
Que même , en ce moment , hélas !
Je redoute encor (*ter*) le naufrage.

MOHAMMED.

J'entends , vous serez tombée dans quelque piège ?

LADY.

Il est vrai...du moins , je le crains.

MOHAMMED.

Un rusé corsaire vous aura peut-être conduite ici ? peut-être vous a-t-il séparé de quelque personne... ?

LADY, *vivement.*

Oh ! oui , sans doute , d'une personne qui m'est bien chère !... Ah ! Seigneur, soyez généreux, rendez-moi la liberté , rendez-moi à celui...

MOHAMMED.

Quel feu ! quelle vivacité !...ce n'est pas sans doute un époux ?...

BECKIR , *à part à Lady.*

Gardez-vous bien de dire que oui ?

MOHAMMED.

Vous ignorez peut-être que la punition la plus sévère est réservée à ceux qui conduiroient ici une personne engagée sous les lois de l'hymen ?

LADY , *vivement.*

Non , Seigneur, ce n'est point un époux.

MOHAMMED.

Cette assurance seule manquait à mon bonheur !...Charmante
étrangère , ton maître ne veut plus être que ton amant.

AIR : *Ma Zétulbé! viens régner sur mon âme.*

A tes vertus je dois rendre les armes ,
De tant d'attraits, Mohammed est épris.
De la beauté tu m'offres tous les charmes...

(*Il lui jette le mouchoir.*)

De la beauté , moi , je t'offre le prix.

LADY, *bas à Beckir.*

A cet outrage ,
Comment tenir?

BECKIR , *bas à Lady.*

Ici , l'usage
Est d'obéir.

MOHAMMED, *à part.*

Ah ! je sens trop que je lui rends les armes ;
Fuyons ; l'amour troublerait mes esprits.
Lorsque l'on peut résister à ses charmes ,
De la vertu l'on mérite le prix.

LADY, *à part.*

Fatal effet du pouvoir de mes charmes !
De moi faut-il, hélas ! qu'il soit épris ?
Mon imprudence a causé mes alarmes ;
Je vois trop tard que j'en reçois le prix.

BECKIR, *à part.*

Je conçois bien ses mortelles alarmes.
Ah ! pauvre époux ! tu serais bien surpris ,
Si tu savais qu'aujourd'hui de ses charmes
C'est le mouchoir qui doit être le prix.

Ensemble.

(*Le Calife sort suivi des muets.*)

SCENE XVII.

BECKIR , LADY.

LADY.

Ah ! Beckir , je n'ai plus d'espoir que dans votre générosité.
Sauvez-moi, sauvez-moi , de grace et ma fortune est à vous.

BECKIR.

Impossible , Madame.

LADY.

Tu connais tous les détours de ce palais.

Ma perte est jurée :
Mais, plus rassurée,
Par toi délivrée,
Je suivrai tes pas.

BECKIR.

Ah ! quand elle a vos appas,
De ces lieux, belle ne peut pas
Sortir comme elle est entrée.

LADY.

Eh bien ! du moins ne vous opposez point à ma fuite ; je vais moi-même tenter…Ciel ! que me veulent encore ces gens-là ?

SCENE XVIII.

Les Mêmes, un OFFICIER du Sérail, *Esclaves apportant les présens.*

(On dépose, aux pieds de Lady, des étoffes, des cachemires, des diamans, etc. Pendant ce temps, l'orchestre joue l'air : *C'est ici le séjour des Grâces.*

BECKIR.

C'est un Officier du sérail qui vous apporte les cadeaux d'usage.

LADY, *vivement.*

Que je ne recevrai certainement pas.

BECKIR.

Daignez au moins jeter les yeux sur ces présens ; cela n'engage à rien.

LADY.

Ah ! laissez-moi, Beckir.

Air : *Pauvre petit, il est transi.* (de Renaud.)

Puis-je oublier mon sort affreux ?
(*regardant les présens.*)
—Que ces objets sont précieux !
Cette étoffe est moelleuse…
—Je suis bien malheureuse !
Ah ! Beckir ! les jolis bijoux !
—O ciel ! que dira mon époux !
—Oui, tous ces présens
Sont charmans.
—Je suis bien malheureuse !
Rien ne calme mon désespoir.

BECKIR, *à part.*

Dans ces atours, moi, j'aime à voir
Comme une coquette se mire.

LADY.

Ah ! le superbe cachemire !
—Mais rien n'égale mon tourment.

BECKIR, *à part.*

Le voilà le vrai talisman ;
Une beauté légère
Ne lui résiste guère.

LADY.

—Que ces diamans ont de feu !

(*Elle les prend.*)

BECKIR, *p part.*

Le chagrin se dissipe un peu.

LADY.

Je fus trop curieuse.

BECKIR, *à part.*

L'épreuve est dangereuse.

LADY.

—Qu'ils seraient brillans à porter !

(*Elle les remet.*)

Je ne peux pas les accepter.
Ah ! oui, (*ter.*) je suis bien malheureuse !

L'OFFICIER.

Je dois à présent engager la favorite à passer dans cet appar-
tement où elle restera seule avec ces femmes. Honorée du choix
de Mohammed , en attendant qu'il la fasse appeler , elle ne doit
plus être exposée aux regards profanes.

BECKIR, *bas à Lady.*

Le profane , c'est moi.

(*Les esclaves entourent Lady.*)

LADY.

AIR : *Jouissons du plaisir.* (d'Anacréon.)

Ciel ! que devenir !
De moi l'on dispose ,
Sans effroi je n'ose
Prévoir l'avenir.

BECKIR, *à part.*

Tout vient l'agiter ;
Le remord la presse.
Nous, à sa Hautesse
Allons tout compter.

Ensemble.

LADY.

Ciel ! que devenir ! etc.

BECKIR, *à part.*

Fortuné Beckir !
Que sur toi l'on glose ;

(*Montrant son argent.*)

En couleur de rose
Tu vois l'avenir.

(*Lady entre, avec les esclaves, dans le cabinet à gauche.*)

SCENE XIX.

BECKIR, *seul.*

J'aperçois Taher ; il nè pouvait venir plus à propos pour dé-livrer notre prisonnier anglais, qui me semble avoir fait une assez longue pénitence : ne troublons pas leur entre vue, et courons prendre les ordres du Calife sur les suites de cette aventure.

(Il sort par le fond, et Taher arrive par le côté gauche.)

SCENE XX.

TAHER, *seul.*

Je ne sais pas trop ce qui se passe dans le sérail : mais je suis sûr qu'il s'y trame quelque chose contre moi ; la manière dont le Calife m'a parlé ce matin, ne me présage rien d'heureux. Pro-fitons du moins de la circonstance pour prendre chez moi quelque repos.

(Il entr'ouvre les rideaux de sa chambre, et Sir Johnson paraît.)

SCENE XXI.

TAHER, Sir JOHNSON, *habillé exactement comme Taher.*

DUO du Prisonnier.

TOUS DEUX, *surpris.*

O ciel ! dois-je en croire mes yeux !

JOHNSON, *à part.*

C'est quelqu'officier d'importance.

TAHER.

Quoi ! deux eunuques dans ces lieux !
C'est mon habit !

JOHNSON, *à part.*

Maudit fâcheux !

TAHER.

Mahomet ! pour moi quelle offense !
J'étais seul et nous voilà deux !

TOUS DEUX, *s'examinant.*

Quelle parfaite ressemblance !

TAHER.

Je crois me voir en le voyant.

JOHNSON.

Je crois m'entendre en l'écoutant.

Ensemble.

TAHER, *à part.*

Voyons un peu ce qu'il sait faire.
(*Haut.*)Aux belles cherchez-vous à plaire ?
Les soumettez-vous ?

JOHNSON.

Pas trop bien.
(*A part.*) Diable soit du sot entretien.

TAHER.

En ce lieu, dites, cher confrère,
Quel sera votre ministère ?
Qu'y faites-vous ?

JOHNSON.

Je n'y fais rien.

TOUS DEUX.

Quelle parfaite ressemblance !
C'est vraiment mon portrait frappant !
Même maintien, même éloquence,
Je crois me voir en le voyant.

SCENE XXII.

Les Mêmes, BECKIR.

BECKIR.

Eh bien ! eh bien ! quel est ce tapage ?

JOHNSON.

Ah ! venez donc mon hami ; je étais fort dans le embarras. Quel
est cet Monsieur qui me ressemble tant ?

BECKIR.

Ce n'est rien, ce n'est rien.

TAHER.

Ah ! maudit Beckir, c'est toi qui m'as joué ce tour là.

BECKIR.

Que viens-tu faire ici ? Le Calife ne t'a-t-il pas dit qu'il te sus-
pendait de tes fonctions ?

TAHER.

O Mahomet ! je vois bien que c'est celui-ci qui vient pour me
remplacer. Courons nous jeter aux pieds de sa Hautesse. (*Il sort.*)

SCENE XXIII.

Sir JOHNSON , BECKIR , *la nuit se fait par degrés.*

JOHNSON.

Je avais attendu beaucoup long-temps , mon hami.

BECKIR.

Vous n'aurez rien perdu pour attendre.

JOHNSON.

Mais quel diable de habit m'avez-vous donc fait prendre ? il
n'était pas galant du tout.

BECKIR.

Est-ce qu'il ne vous va pas bien ? D'ailleurs , la nuit vous favo-
rise ; car c'est dans ce séjour mystérieux que sa Hautesse vous
permet l'entretien que vous avez si vivement désiré.

JOHNSON.

Yes , Yes , le entretien. Je sentais bien un peu tard que ce était
une folie de ma part ; mais je avais jamais fait que des sottises
avec les femmes.

BECKIR.

On n'a pas plus de franchise ! .. Mais voici votre belle , je vous
laisse avec elle.

(Lady entre voilée et conduite par deux femmes qui se retirent aussitôt.)

LADY , *tombant sur un sopha au fond du théâtre.*

Je me meurs.

BECKIR , *bas à Lady.*

Rassurez-vous ; il n'est pas dangereux. (*il sort.*)

SCENE XXIV.

Sir JOHNSON , LADY.

LADY , *à part.*

O ciel ! à quel péril , à quelle humiliation suis-je exposée !

JOHNSON , *à part.*

C'était bien particulier , moi qui étais si jovial dans le tête-à-
tête... Je me trouvais comme un enfant !.... c'est peut-être le
habit.

LADY , *se levant.*

Non , dussé-je encourir la mort , je ne trahirai point mon
époux.

L'Anglais à Bagdad.   5

JOHNSON, *à part.*

Allons, tâchons d'être un peu plus badine. (*Haut.*) Approchez, petite.

LADY, *à part.*

Grands dieux ! j'ai cru l'entendre lui-même ; il est si présent à mon esprit ! (*Haut.*) Daignez m'écouter, Seigneur...

JOHNSON, *à part.*

Comment diable ! le Odalisque il a toute le voix de Milady... Il m'a fait un frayeur !...

LADY, *à part*

Je ne balance plus. Le Calife est, dit-on, généreux, et l'aveu de ma faute peut seul en obtenir le pardon.

JOHNSON, *a part.*

Le pudeur le retient encore je espère.

LADY.

Ah ! Seigneur, il faut tout vous avouer ; mon trouble ne m'a pas permis de vous désabuser quand vous m'avez tantôt honorée de votre choix. Une fatale curiosité m'a seule conduite en ces lieux ; j'ai compromis, par mon imprudence, l'honneur d'un époux que j'aime ; mais je ne suis point soumise aux lois de votre empire ; et vous voyez a vos pieds, Milady Johnson. (*Elle lève son voile.*)

JOHNSON.

Goddem !...c'est ma femme !

LADY, *riant.*

Mon mari !

JOHNSON.

Je étais mort.

AIR : *Cœur infidèle.* (de Blaise et Babet.)

LADY.

Époux trompeur, époux volage,
Peut-on me faire un tel outrage ?
Au mépris du nœud qui t'engage,
Tu portois ici ton hommage.

JOHNSON.

Femme perfide, cœur volage,
Peut-on me faire un tel outrage ?
Au mépris du nœud qui t'engage,
Tu viens d'un Turc briguer l'hommage.

JOHNSON.

Redoutez mon juste colère.

LADY.

Ah ! gardez-vous de m'approcher.

JOHNSON.

Au sérail que veniez-vous faire ?

LADY.

Et vous qu'y veniez-vous chercher ?

35

<table>
<tr><td rowspan="4">Ensemble. {</td><td></td></tr>
</table>

JOHNSON.

Femme perfide, etc.

LADY.

Époux trompeur, etc.

LADY, riant.

Chez le Calife quelque belle
Vous guidait sans doute aujourd'hui,
Et si vous y veniez pour elle,
J'y pouvais bien venir pour lui.

JOHNSON.

Femme perfide, cœur volage,
Ne m'en dites pas davantage, etc.

LADY.

Époux trompeur, etc.

SCENE XXV et dernière.

Les Mêmes, MOHAMMED, BECKIR, TAHER, Esclaves
portant des flambeaux.

MOHAMMED.

Sir Johnson, et vous Milady, je viens rétablir parmi vous le bon accord. Vous n'avez point, croyez-moi, de reproches à vous faire, et vous voyez le seul coupable.

LADY.

Quoi ! Seigneur...

MOHAMMED.

Me pardonnerez-vous, Milady, la frayeur que je vous ai causée? Instruit par Beckir du désir que vous éprouviez de connaître mon sérail, pressé d'un autre côté par votre époux qui m'avait souvent témoigné la même curiosité, j'ai cru ne pouvoir mieux faire que de vous réunir dans mon palais.

JOHNSON.

Comment diable ! je serais assez heureux !...

MOHAMMED.

J'en jure par Mahomet !

Air : Ah ! je le tiens.

Aucun de vous deux n'est coupable ;
Vous avez d'un désir semblable
Écouté le charme secret.
Mais, entre nous, ceci n'était
Qu'une leçon qu'on vous donnait.
Tous les deux, sur votre tendresse,
Soyez rassurés, mes amis.

JOHNSON.

D'après ce que dit sa hautesse,
Ah ! je le suis ! ah ! je le suis.

LADY, à Mohammed.

Comment excuser ma conduite à vos yeux, Seigneur ? Et quelle opinion mon étourderie vous aura-t-elle donnée de moi ?

MOHAMMED.

L'opinion qu'une Française résiste difficilement à la curiosité.

JOHNSON.

Je le avais échappé belle, j'espère !

MOHAMMED.

Vous voyez, Sir Johnson, qu'un époux a toujours tort de refuser à sa femme ce qu'elle veut bien lui demander. Si vous aviez amené vous-même Milady dans ma cour, elle ne serait pas venue seule dans mon sérail.

JOHNSON.

Je comprenais bien, et je ferai désormais l'impossible pour ne plus rien lui refuser.

TAHER, *à part.*

J'ai bien cru que le Calife avait trouvé mon pareil.

BECKIR, *à Sir Johnson.*

Continuerai-je à avoir la pratique de Sir Johnson et de Milady ?

JOHNSON.

Yes, yes : petite jovial, mais seulement per le chaussure.

VAUDEVILLE.

AIR du *Vaudeville des Chevilles de Maitre-Adam.*

LE CALIFE.

Mon cher Johnson, dans cette circonstance,
Convenez-en, vous vous conduisiez mal ?
Un pareil trait, si nous étions en France,
Aurait bien pu vous devenir fatal ;
Mais, en ces lieux, et grâce à ma prudence,
Vous avez eu plus de peur que de mal.

BECKIR.

Toujours en butte aux plus pénible doute,
Trop chatouilleux sur l'honneur conjugal,
Mari ? pourquoi vouloir, coûte qui coûte,
Vous préserver d'un malheur si banal !
Cet accident, que si fort on redoute,
Fait entre nous plus de peur que de mal.

TAHER.

Je ne sais pas, vraiment, pourquoi les femmes
Ont de Taher un effroi général.
Si par mes traits je séduis peu leurs âmes,
Dans mes façons je ne suis pas brutal ;
Et je puis bien assurer qu'à ces dames
J'ai toujours fait plus de peur que de mal.

MILADY, *au Public.*

Nous attendons, avec impatience,
L'arrêt qui doit nous traiter bien ou mal.
Auteurs, acteurs craignent votre sentence.
On peut trembler à pareil tribunal.
Ah ! que ce soir, grâce à votre indulgence,
Nous ayons tous plus de peur que de mal.

FIN.

9 782014 044409